Milet Limited
Publishing & Distribution
PO Box 9916
London W14 OGS

First English-Greek dual language edition published by Milet Limited in 1997

First English edition published in 1991 by André Deutsch Limited
an imprint of Scholastic Publications Limited

Copyright © Helen Cowcher, 1991

ISBN 1 84059 026 2

Printed in Turkey

TIGRESS

Η ΤΙΓΡΗΣ

HELEN COWCHER

Greek translation by NINA RAPI

MILET

LONDON

The quick, sharp calls of monkeys in the forest sanctuary, warn deer that a tigress is near.

Τα γρήγορα και κοφτά τσιρίγματα των μαϊμούδων, στο καταφύγιο του δάσους, προειδοποιούν τα ελάφια ότι πλησιάζει μια τίγρης.

Outside the sanctuary, women come to gather
firewood and herdsmen talk whilst their animals graze.

Έξω από το καταφύγιο, οι γυναίκες έρχονται
και μαζεύουν ξύλα για την φωτιά και οι βοσκοί
συζητούν μεταξύ τους, καθώς τα ζώα βοσκούν.

The tigress climbs with her cubs to the edge of the
sanctuary. She smells camels' breath and
goat droppings wafting up from the rocks below.

Η τίγρης σκαρφαλώνει με τα τιγράκια της στην άκρη
του καταφυγίου. Μυρίζει την ανάσα της καμήλας και
τις κουτσουλιές της κατσίκας, μυρωδιές που
ανεβαίνουν από τους βράχους, πιο κάτω.

She leaves the sanctuary and pads silently
through thorn bushes, into the forbidden lands
beyond. Again, monkeys urgent, shrill voices fill
the air.

Φεύγει από το καταφύγιο και περπατάει σιωπηλά
μέσα από αγκαθωτούς θάμνους, προς τα
απαγορευμένα εδάφη, πιο πέρα. Πάλι, οι μαϊμούδες
γεμίζουν τον αέρα με τις επίμονες, τσιριχτές
φωνές τους.

A herdsman walks quietly under the morning sun. He hears the monkeys' warnings and gathers up his flock.

Ένας βοσκός περπατάει ήσυχα κάτω από τον πρωϊνό ήλιο. Ακούει την προειδοποίηση των μαϊμούδων και μαζεύει το κοπάδι του.

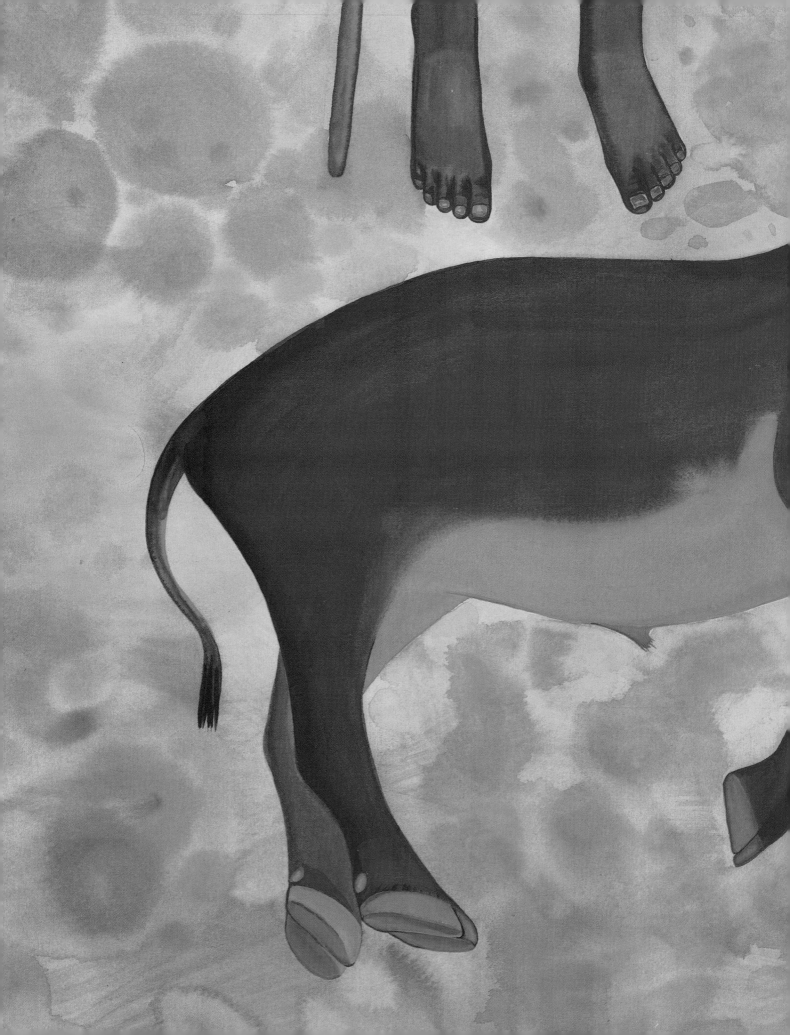

A hush descends.
In one fell swoop the tigress strikes.
A young bullock lies dead!

Μια μεγάλη σιωπή πέφτει. Με μια ξαφνική και
απρόοπτη κίνηση, η τίγρης επιτίθεται. Ένα μικρό
ταυράκι βρίσκεται νεκρό στο χώμα!

The poor herdsman cannot afford
this loss; nor can his friends.
He must warn them.

Ο κακόμοιρος βοσκός δεν μπορεί να αντέξει ένα
τέτοιο χαμό, ούτε και οι φίλοι του.
Πρέπει να τους ειδοποιήσει.

Meanwhile, the tigress drinks with her cubs at the waterhole.

Στο μεταξύ, η τίγρης πίνει νερό με τα τιγράκια της στο πηγαδάκι.

Soon she will lead them back to the carcass to eat.

Σε λίγο θα πάει τα τιγράκια της στο ταυράκι για να φάνε το πτώμα του.

The herdsmen move their flocks;
goat bells jingle as they scramble
over the rocky hillside.

Οι βοσκοί μετακινούν τα κοπάδια τους.
Τα κουδούνια που φορούν οι κατσίκες κουδουνίζουν
καθώς τρέχουν βιαστικά πάνω στην βραχοπλαγιά,
για να ξεφύγουν.

That night at dusk,
a stray camel is killed!

Εκείνο το σούρουπο, μια καμήλα
που περιπλανιώταν μόνη της σκοτώνεται!

Around the fire, the cool air buzzes with anxious murmurings. Some herdsmen talk of poisoning the camel meat, before the tigress returns to eat.

Γύρω από την φωτιά, ο δροσερός αέρας βουΐζει με ανήσυχα μουρμουρητά. Μερικοί βοσκοί συζητάνε και λένε να δηλητηριάσουν το κρέας της καμήλας, πριν γυρίσει η τίγρης να το φάει.

The sanctuary ranger understands
the herdsmen must save their
animals, but he must find a way
to save the tigress!
Together they hatch a plan.

Ο δασοφύλακας του καταφυγίου καταλαβαίνει
ότι οι βοσκοί πρέπει να σώσουν τα ζώα τους,
αλλά αυτός πρέπει να βρει ένα τρόπο
να σώσει την τίγρη!
Μαζί λοιπόν καταστρώνουν ένα σχέδιο.

Later that night, the tigress returns to her prey.
Down wind lurk shadowy figures, silent and still.

Αργότερα εκείνη την νύχτα, η τίγρης γυρίζει στο
θύμα της. Κάτω που φυσάει ο άνεμος όμως
καραδοκούν σκοτεινές φιγούρες, σιωπηλές
και ακίνητες.

Suddenly bangs and flashes fill the darkness.
Sparks fly out from all sides. Only the way to
the sanctuary is free.

Ξαφνικά, βροντές και αστραπές γεμίζουν το
σκοτάδι. Σπίθες πετιούνται σε όλες τις μεριές.
Μόνο ο δρόμος προς το καταφύγιο είναι ελεύθερος.

The tigress and her cubs are filled with fear.
They flee as more and more firecrackers explode
hot on their tracks.

Η τίγρης και τα τιγράκια τρομοκρατούνται.
Τρέχουν όσο μπορούν πιο γρήγορα, καθώς όλο και
πιο πολλά βαρελότα κάνουν εκρήξεις από πάνω τους.

As dawn breaks, they reach the sanctuary.
All is quiet and they can rest.

Φτάνουν στο καταφύγιο, καθώς βγαίνει η αυγή.
Όλα είναι ήσυχα τώρα και μπορούν επιτέλους να
ξεκουραστούν.

Beyond the sanctuary's
border, the scent of camel
and goat still wafts in the air.
The tigress twitches her
nose, then sleeps.

Πέρα από τα σύνορα του καταφυγίου,
η μυρωδιά της καμήλας και της κατσίκας
ακόμη γεμίζει τον αέρα. Η τίγρης όμως
απλώς στραβώνει τα ρουθούνια της
και ξανακοιμάται.

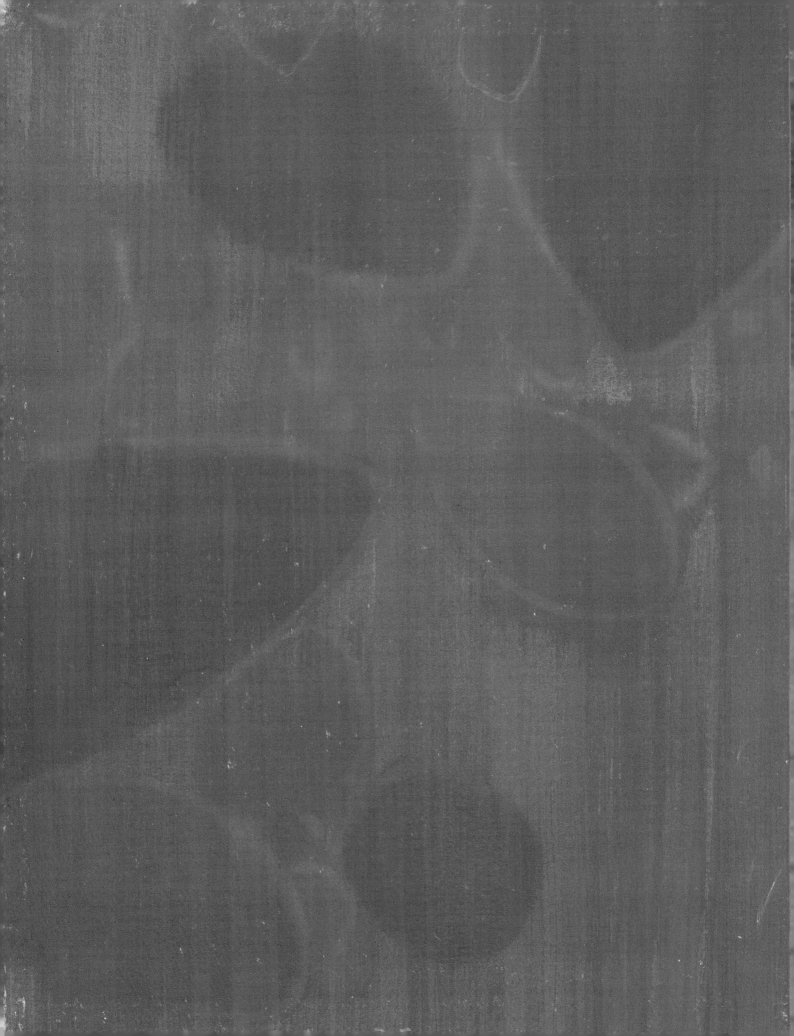